ADELINA, A TRAVÉS DE LA PUERTA ESCONDIDA

Ana Llorca

ADELINA

A TRAVÉS DE LA PUERTA ESCONDIDA

Prólogo de Rosario F. Cartes

RENACIMIENTO
SEVILLA • MMXXVI

www.editorialrenacimiento.com
BUGANVILLA, I • 41907 VALENCINA DE LA CONCEPCIÓN (SEVILLA)
tel.: (+34) 955998232 • editorial@editorialrenacimiento.com

Diseño de cubierta: Marie-Christine del Castillo,
sobre un bordado de la autora

DEPÓSITO LEGAL: SE 3542-2025 • ISBN: 979-13-87939-50-2
Impreso en España • Printed in Spain

A mis hijos, Estrella y Pepe.
A Mari Carmen Domínguez Limón, hermana mía del
alma, y cuarto y mitad de Adelina.

A Rosario F. Cartes
y Antonio Molina Flores, con agradecimiento.

A MODO DE PRÓLOGO

¿CÓMO se inventan las historias? Ante esta pregunta formulada por un niño, Gianni Rodari respondió con toda una *Gramática de la Fantasía*, pues que la creatividad es «una manera de abrir la puerta a la imaginación».

Tienes ahora entre tus manos, a tu disposición lectora, un libro de relatos tan sui generis como su autora, Ana Llorca, apreciada en su poesía recogida en las ediciones colectivas de Cuadernos de Roldán, pero inédita hasta ahora en el género narrativo. Es este un libro encantador; (*encanto* será conjugación en boca de la protagonista en todo su desarrollo; la clave de su mirada entusiasta y cándida). Ya el título, *Adelina, a través de la puerta escondida,* parece sugerirnos o remitirnos al hilo paradigmático de algún mundo secreto, pues lo secreto y oculto atrae y fascina a la criatura predispuesta: lo maravilloso como realidad imaginada, solo que aquí hallarás dos cauces –a veces paralelos, a veces coincidentes– de realidad y fantasía, pues que el bucle realidad-fantasía puede, si así tenemos la virtud de conciliarlos, acompañarnos a lo largo de nuestra travesía vital, preservada la mirada del niño o la niña que seremos siempre en lo hondo de nuestra existencia. Lo frecuente es olvidarlo... acallarlo hasta empobrecernos en los avatares más planos de lo cotidiano, aunque un buen sueño puede llegar a redimirnos, o una realidad paralela como el cine, que esto nos demostró Woody Allen con *La rosa púrpura de El Cairo*.

Me da Ana Llorca el privilegio de escribir estas notas a modo de prólogo, a sabiendas de que solo pueden ser fruto de lo que he ido conociendo como testigo afortunado del proceso de escritura que tuvo la deferencia de confiarme desde esa cercanía propia de la amistad, y una vez dado cuerpo al libro, permitirme su lectura atenta y el tiempo necesario. Asumo esta gustosa tarea con inmensa gratitud, aunque también con el peso de la responsabilidad y el temor de no responder a lo esperado.

Si te lo estabas preguntando, no, no es este un libro para niños, aunque como dijo Juan Ramón Jiménez a propósito de las lecturas que darles: *Yo no he escrito ni escribiré nada para niños, porque creo que el niño puede leer los libros que lee el hombre, con determinadas excepciones que a todos se le ocurren...* También en este libro, como en el más universal del poeta de Moguer, *la alegría y la pena son gemelas.* Así que, respetando al maestro, y desde la premisa de la libertad con que está escrito, a mi modo de ver, no debemos poner frontera alguna...

Tampoco nos debemos dejar llevar por las «marcas» de su estilo: sencillez, naturalidad y espontaneidad de la escritura, incluso por los títulos de algunos relatos, y a dónde parecen remitirnos; ni por la facilidad, igualmente aparente y epidérmica, que puedes deducir en una primera y rápida lectura. Para acompañar a Adelina en todos los capítulos que nos ofrece (y son veinte, incluido el Epílogo), en la gavilla de las oportunidades de cada dimensión –en realidad retazos esenciales de su personalidad y de su vida en la sucesión de las etapas evolutivas y sus roles: niñez, adolescencia, juventud, adultez...–, ya que los relatos siguen un orden cronológico–, tenemos que estar dispuestos y atentos a ir reconociendo cada «anillo» de su mundo, cada clave dejada caer con la enorme eficacia y maestría de una escritura honda en el sustrato, brillante en los referentes y hermosa en el resultado. En el manejo puramente lingüístico y literario, desde un sentido heideggeriano del lenguaje como *la casa del ser*, qué delicia la muestra del léxico andaluz que emplea y que nos hace rememorar nuestra infancia, las atmósferas rurales y su particular nombradía: tinahón, aljofifa –o argofifa, según los usos– vinagrillo, ojú…), los «lenguajes» de Ana Llorca no nos dejan ver en principio el andamiaje o los cimientos (al igual que la enjundia que va creciendo y enriqueciendo el relato), que tendremos que ir descubriendo en cada revelación de las lecturas, pues que no nos bastará con la primera.

Con el mismo acierto y sabiduría que en su poesía, en la muy estimable naturalidad de la escritura, no advertimos en la prosa algún signo de contaminación que la adultere. Los referentes cultos –que los hay–, están «camuflados» con discreción; se nos dan hilvanados, o dejados caer quizá con la intención de darnos pistas, de guiarnos como aquellas miguitas de pan en los caminos míticos de los cuentos, o hay que buscarlos dentro, pero en las distancias espaciadas que nos ofrece para que nada obstruya la libre circulación de las esencias. Hacen referencia con genuina candidez e igual lógica, a un bestiario particular y muy presente: tortugas, dragones, cocodrilos… (ahí circulan las «savias» de Ana y de Adelina en «púlsares» perfectos); desfilan los referentes literarios de la autora, ahora «prestados», orientados principalmente a la protagonista y asimilados por esta como propios, como propios los mundos creados, pero también a los otros personajes que, con Adelina, los conforman; los principales presentes: su padre, Elisa –su amiga del alma–, y los ausentes o los secundarios, que sirven a cada relato y completan su sentido . Veremos en modo sutil los itinerarios reconocibles en los espacios urbanos de Sevilla, y los rurales en sus «apartamientos», y las reminiscencias que serán evocación en nosotros; también la huella de las abejas de Emily Dickinson, las atmósferas de Carroll, los reflejos de Macondo… y tantos otros referentes que no debo desvelar para que los descubras mientras lees; toda una riqueza que eleva la dimensión y el atractivo del conjunto.

No hay en esta brazada de relatos prédica o «moralina» expresa —o su intención—, aunque podemos extraer del comportamiento de la protagonista valores éticos firmes como la amistad —una hermandad del alma—, y la fidelidad, binomio de una alianza consecuente contra la adversidad. La libertad, la compasión empática y el sentido de la justicia le vienen a Adelina, no solo de la inclinación natural de su corazón, sino también heredados de sus mayores, más que por la palabra, por pura observación y por las conjeturas propias de su razón lógica de criatura intacta…No hay ideologías en el propósito, si bien aflora en el conjunto una ecología que, aunque temprana en la protagonista, está bien asentada pues la naturaleza es aquí personaje imprescindible (no puede ser de otro modo siendo la autora Ana Llorca); los ciclos de floración podrían leerse como verdaderas escalas de resurrección… (El mundo no es fácil). No faltan los paseos por lo onírico, el humor… en los vuelos de Adelina; cuando niña, la relación con su padre —al igual que con su amiga Elisa— está llena de guiños divertidos y cómplices; también lo están muchas de las conclusiones que se dice para sí y nos recuerdan los breves insertos cómplices con el público en la dramaturgia clásica… Aun así, nada acalla, pues subyacen en lo hondo, la losa del destino, la raíz de la pena y sus lenguajes…

Pero, ¿quién es esta Adelina que le viene —según la autora— de «largo aliento» e inspira el personaje y da motivo a un libro? ¿Por qué sus mundos, vistos a través de la puerta escondida que los vertebra, y con el ejemplo entrevisto en los estratos que fondean en el arquetipo de Alicia en el espejo, permanecen intactos en ella, en el recorrido del tiempo de la vida? ¿Qué hay en la autora del personaje que encarna a Adelina?

Desde el primer «surgir» de la escritura, según Llorca, emergió una Adelina distinta a la de cualquier imaginario precedente, con una personalidad que se le impuso al tiempo que crecía.

Sostiene, con la honestidad que la caracteriza, que ha escrito desde la libertad, alejada de cualquier «servidumbre»: estilo, género… «Si hubiera una palabra para definir mi relación con Adelina es la libertad; esa libertad que me he tomado, esa absoluta libertad, me la he dado así mismo para escribir. El único compromiso que he tenido ha sido con Adelina...Es una «ocupa». «El nexo (entre autora y protagonista), es la voz narradora; un personaje más».

Adelina –como Ana, como Alicia– nunca pierde su esencia en los relatos. Como todos los seres creativos, es flexible incluso en las situaciones de «intemperie», donde sigue teniendo su «capacidad audible y sensible», una creatividad entendida como proceso de transformar la imaginación en realidad, o combinarlas. La propia autora nos la describe así: *Adelina era más mariposa que topo... Experta en lidiar con entes invisibles.*

Si *escribir es desaparecer*, como decía Juan Ramón, Ana Llorca «desaparece» en su escritura para reaparecer como narradora en Adelina, y así va del oficio al misterio (*solo el misterio nos hace vivir*, nos recordó Federico). Como aquella Adelina lorquiana en su paseo, es esta Adelina de Llorca, *luz de fuego*; pues *el que ama, arde; y el que arde, vuela a la velocidad de la luz*, en el decir de Val del Omar. Por eso no faltan los momentos en que brota el lirismo por boca y mano de la autora, inseparable de su alma de poeta, como en estos fragmentos del relato XVII, «La noche no termina cuando decimos adiós»:

... Al entrar en el túnel de hojas, se le ofrecía un suelo tachonado de alcorques y registros de hierro, y arriba encontraba otro camino marcado por cuadrados de ventanas abiertas, brillantes unas en la oscuridad de la sombra, negras otras, más negras que la noche misma, de un negro espeso. Más arriba todavía le hablaba a la luna:

—Agujero de luz, gota de plata en la tinta azulnegra de esta noche...

Y no le importaba que ella no le contestara.

Con el Epílogo asistimos emocionados a un final que nos remite al principio. Solo entonces encontramos los lenguajes del Hilo y, como en todas las buenas historias circulares, comprendemos.

ROSARIO F. CARTES
(Siendo el despertar de abril de 2025,
en la ciudad de todos los abriles)

I
LA NIÑA

A DELINA ve a una niña sentada en una silla alta. Es una niña pequeña, muy pequeña, tal vez no sepa hablar aún; pero ya sabe que la mujer que está de pie, a su lado, es su madre.

Su madre le peina los cortos cabellos dorados y se sonríe al contemplar su propia cabellera recogida en un moño, de donde se escapan algunos rizos rebeldes. Quizás presiente que, cuando crezca, los cabellos de su hija se volverán de un color caoba con tintes rojizos, como los suyos, pero las grandes ojeras que rodean sus apagados ojos auguran que eso nunca llegará a comprobarlo.

Esta escena reflejada en el espejo es el primer recuerdo de su vida y la única imagen de su madre viva que Adelina guarda en la memoria.

II
EN EL CAMPO

UNA tarde de verano le dijo su padre a Adelina que al día siguiente irían a casa de su amigo Alberto, que vivía en el campo porque era vaquero.

—¡Me encanta! ¿Y veremos también a los indios? —Adelina ya se veía a caballo, pegando tiros por la pradera.

Su padre se le rio en la cara:

—Oye, que aquí no estamos en el Oeste. Aquí los vaqueros son los que cuidan de las vacas, les dan de comer y las ordeñan. Luego la leche la traen a la ciudad para que la tomen las niñas peliculeras como tú.

Enseguida Adelina, con toda la dignidad que le permitían sus cuatro años y medio, dijo que le «encantaría» ir al campo a ver las vacas en persona. Hasta entonces sólo las había visto dibujadas en los libros, en blanco y negro, y en las estampas del álbum de Nestlé en colores; bueno, en colores el campo y lo demás, las vacas también allí estaban en blanco y negro, claro.

—Además –dijo el padre con cara de ¡tatachán!–, Alberto tiene una hija más o menos de tu edad, y tampoco tiene madre. Seguro que seréis buenas amigas.

La verdad es que en eso no se equivocaba su padre.

A la mañana siguiente cogieron los dos el tranvía y se bajaron en la última parada, la del cementerio. Se echaron a andar por la carretera primero y luego por un camino hasta que llegaron a la vaquería. La vaquería, según observó Adelina, era una casa pequeña y otra muy grande en medio del campo; que, para su sorpresa, era más marrón y amarillo que verde. Había también un carro y grandes montones de paja, algunos árboles y muchas gallinas sueltas, cosa que le encantó a Adelina. Un hombre salió de la casa grande y le dio un abrazo a su padre, y a ella le acarició la cabeza. Alberto, porque estaba claro que era Alberto, llamó:

—¡Elisita!

Y al punto vino una niña un poco más baja y regordeta que Adelina, con el pelo y los ojos negros y la cara coloradota como la Heidi del cuento. Los papás las presentaron, ellas se miraron, se cogieron de la mano y ya está, ya eran amigas.

Les enseñaron primero el tinahón, que era la casa grande donde estaban las vacas. Las vacas eran más altas de lo que Adelina se había imaginado; y, sobre todo, más guapas, con esos ojazos de mirar tan dulce y esas pestañas tan rizadas... ¡Y además cada una tenía su nombre! Estaba la Curra, que era la mejor, dijo Alberto, porque era la que daba más leche, la Campanilla, la preferida de Elisa, porque era tranquila y cariñosa, y otras que se llamaban Margarita, Jardinera, Capuchina... y la Colorá, una vaca con pelo tirando a rojizo, que fue la que más le gustó a Adelina. Había un pesebre vacío y Elisita dijo que era de la Mala, una vaca que había salido brava y la tenía su padre amarrada fuera, para que no embistiera a las otras vacas ni a las personas.

Después fueron a la casa pequeña, donde vivían Alberto y su hija. La puerta estaba abierta, y por allí entraban y salían gallinas de todos los colores a su antojo. Hasta un gallo se había atrevido a subirse encima de la mesa, pero Alberto lo echó abajo de un manotazo. Los padres dijeron a las niñas que se fueran a jugar detrás de la casa, que ellos tenían que hablar de sus cosas y preparar la paella. De modo que se pusieron al lado de una piletilla, cogieron agua, hicieron barro y jugaron a hacer casitas, figuritas, y hasta un puente con su río de agua de verdad debajo. También hicieron una tumba de mentirijillas donde enterraron un grillo muerto, le pusieron flores de vinagreta todo alrededor, y la verdad es que quedó muy lindo.

Después de comer sacó Alberto unas mantas y se fueron a un chaparro para echar la siesta. Un poco más lejos se veía una vaca solitaria junto a un árbol, y Alberto explicó que era la Mala, pero que no se preocuparan, que la tenía bien amarrada.

Todos se tumbaron a dormir a la sombra, pero Adelina, que no las tenía todas consigo, se despertaba de vez en cuando y abría los ojos. Y, cada vez que lo hacía, le parecía que la Mala estaba más cerca, pero enseguida el sueño la vencía. Cuando más ricamente dormía, la despertó un bufido. Abrió los ojos y la vio allí mismo, echando como humo por las narices y arañando con una pata el suelo.

—¡Que te crees tú que vas a embestir a mi padre! –pensó Adelina.

Se puso de pie de un salto, cogió la manta y, dando capotazos como había visto que lo hacían los muchachos que jugaban al toro en la barreduela, fue alejando la vaca; y, para rematar la faena, arrastrando la manta en una larga torera, se la llevó hasta el árbol y la amarró con la cuerda. Después volvió muy satisfecha y se durmió junto a los otros.

Cuando despertaron, Adelina les contó su aventura. Los mayores se rieron de su fantasía, pero Elisita vio los arañazos que había en la tierra y le dijo a Adelina:

—Eres la niña más valiente que hay en el mundo.

III
EL COLEGIO

El primer día que fue al colegio iba Adelina muy contenta. Su padre le había asegurado que «aprendería muchas cosas», que «las monjitas eran muy buenas», que «haría amigas nuevas» y que estuviera tranquila, que cuando saliera, «papá la estaría esperando en la puerta». Qué bien, le iba a encantar…

Unas monjas la metieron con otras niñas en una clase muy larga, como el tinahón de las vacas. En la pared del fondo había una imagen de una niña rubia, vestida con una túnica rosa. Tenía un libro en las manos, y en la cabeza un aro de metal dorado, así que Adelina pensó que era una santa. A cada lado había una pizarra, cada una delante de una fila de bancas. En la fila de la derecha pusieron a las niñas mayorcitas, y en la de la izquierda, a las nuevas. A ella la pusieron en la de la izquierda.

Cuando todas estaban sentadas, una monja se puso a escribir en la pizarra de la derecha, y les dijo a las mayores que copiaran lo que ponía allí. A las de la izquierda sólo les dijo que tenían que estar quietas y calladas; pero Adelina, que se aburría, cogió un cuaderno y un lápiz de su cartera de cartón y copió lo de la pizarra, que era la fecha. Luego la monja puso cuentas y Adelina también las copió y las hizo. Después de un rato la monja se fue a la pizarra de la izquierda con una tiza en la mano. Por fin, pensó Adelina, «aprendería muchas cosas». Le pareció, encantada, que en vez de una tiza lo que llevaba la monja era una varita mágica. Tocaría con ella la pizarra y todo un mundo maravilloso se abriría ante ella: países desconocidos, números misteriosos, poesías, cuentos, canciones, animales, el sol, la luna, las estrellas... Adelina cerró los ojos y se dejó llevar por el vértigo. Un chirrido la trajo de vuelta a la Tierra. Abrió los ojos. La monja deslizaba la tiza por la pizarra en una línea vertical de arriba abajo. En el último momento, cambió la dirección y describió una curva hacia la derecha. Después levantó la tiza y coronó el dibujo con un gran punto sobre el trazo.

—¡Cuando lleguéis a casa decid que hoy habéis aprendido la *i*! –les gritó con severidad.

A Adelina, que hacía ya meses que leía «hasta en el periódico», se le llenaron los ojos de lágrimas. Aunque era una niña sabihonda para su edad, todavía desconocía muchas palabras. Por eso no supo que lloraba por la perplejidad que sentía ante semejante estafa.

Después la monja se fue a la parte de la derecha y ordenó a las niñas que sacaran el libro para leer, y a ellas, a Adelina y las suyas, sólo les dijo que estuvieran quietas y calladas, otra vez.

Adelina empezó a escuchar la lectura que las del otro lado hacían en voz alta. Hablaba de un hombre que era muy bueno y que había salvado a los buenos españoles y acabado con los malos; pero ella sabía que ese hombre no era bueno, que fue el que tuvo en la cárcel muchos años a Jarito, un amigo de su padre, sin que hubiera hecho nada malo. Entonces sintió que siseaban desde delante. Miró y era una chiquilla de las «suyas», que estaba mirándola. Tenía una melenita como de paje, unos ojos de miel muy abiertos, y una boca grande que se estiró en una mueca divertida que le dedicó a Adelina, y ella le sonrió. La niña se puso de medio lado y sacó las piernas para el pasillo. Se puso a bizquear, a bailar subiendo las piernas y los brazos y a hacer tantas morisquetas que a Adelina le hizo mucha gracia, y al final tuvo que echarse a reír a carcajadas, que se oyeron en toda la clase. Con la risa no se había dado cuenta de que la monja se había acercado a la niña de las muecas, y cuando la vio ya tenía a esta agarrada por los hombros y la sacudía, mientras le gritaba:

—Tú eres Pilar Garrido, ¿verdad? Con que no sabes estar quieta, ¿eh? ¡Pues hoy lo vas a aprender!

Y con el mismo cinturón del babi de la niña, la amarró a la silla del pupitre. La niña se puso a gritar que la soltaran, y entonces la monja cogió el trapo de limpiar la pizarra y se lo amarró alrededor de la boca, para que no chillara. Adelina no podía creer lo que estaba viendo. Su padre le había dicho que «las monjitas eran muy buenas», y aquella no lo era en absoluto. Le dio mucha pena de la niña, y sintió que la habían castigado, como a Jarito, sin que hubiera hecho nada malo. Quiso mandarle una sonrisa, pero la niña, que por fin se había quedado quieta y callada, había echado la cabeza sobre los brazos para que nadie le viera la cara. Esta vez tampoco supo el nombre del sentimiento que le apretaba el pecho, porque nunca antes había presenciado la injusticia.

La monja se paseó por el pasillo mirándolas a todas mientras les decía que eso les pasaba a las niñas desobedientes. Cuando pasó al lado de Adelina vio el cuaderno con la fecha puesta y las cuentas hechas perfectamente, y le preguntó si sabía leer y escribir, y ella le contestó que sí. La monja le ordenó que recogiera sus cosas, la llevó a la parte de la derecha y la sentó en un pupitre de allí. Luego se fue a la pared del fondo, se puso al lado de la estatua de la santa y dijo:

—Mirad, esta es la Virgen Niña. No ha habido ni habrá niña más buena. Ella sólo quiere a las niñas que sean buenas, por eso, cuando una es desobediente o revoltosa, como vuestra compañera Pilar, la Virgen apunta su nombre en el libro que tiene en las manos, y deja de quererla. No la queráis ni juguéis con ella vosotras tampoco, hasta que la Virgen borre su nombre cuando aprenda a portarse bien. Ahora voy a enseñar el libro a las niñas mayores, que saben leer, para que veáis que es verdad lo que digo.

La pobre Pilar levantó un poco la cabeza, y se quedó muy seria mirando para la estatua mientras la monja cogía el librito y lo enseñaba a la fila de la derecha, de tal forma que las niñas de la izquierda no podían ver lo que ponía. Adelina miró el libro y sonrió aliviada al ver que las páginas que mostraba estaban en blanco. A ella no le hubiera sorprendido en absoluto que en el libro hubieran aparecido nombres, números y hasta un dragón, no porque creyera o dejara de creer en los milagros, sino porque en su mundo cualquier cosa maravillosa podía suceder a cada momento. Lo que le sorprendió fue que a la pregunta de la monja:

—Decid, niñas, ¿qué nombre pone aquí?

Todas las niñas de la fila derecha contestaron:

—¡Pilar, Pilar!

Entonces se entristeció porque se acordó de lo que le habían dicho en su casa, que «haría amigas nuevas», y decidió que nunca sería amigas de esas niñas, que, ahora sí, tuvo claro que a ellas se refería Jarito cuando hablaba de algunas personas que eran «traidoras a su clase»; lo de traidor lo sabía por las pelis y como estaban en una clase…

Las niñas seguían gritando:

—¡Pilar, pone Pilar!

Pilar estaba a punto de echarse a llorar cuando sintió el siseo de Adelina, y cuando la miró vio que esta le sonreía y le decía con la cabeza que no, y ya se quedó más tranquila.

Sin embargo, Adelina no lo estaba, no lo estaba en absoluto. Nada de lo que le había asegurado su padre se había cumplido. Por eso, todo el tiempo que faltaba hasta que terminó el colegio sintió un miedo como nunca lo había sentido, un miedo que sólo desapareció cuando comprobó al salir que «papá la estaba esperando en la puerta».

IV

ADELINA bajó las escaleras con un barreñito y se acercó al carro. En la caja pintada de amarillo unas letras azules decían

HIELO

El Vizcaíno acababa de asegurar las riendas de la mula, y se fue para la parte de atrás y abrió las puertas. Adelina vio las barras azuladas sobre sacos de arpillera y le dijo al Vizcaíno:

—Diez reales.

Y le enseñó la moneda grande, que apenas le cabía en la mano.

El Vizca cogió la pica que llevaba en la cintura, y cuando iba a pegarle el picazo a una barra, levantó la vista y se quedó mirando para la calle. Gritó:

—¡Eh, Tuerto! –e inmediatamente después–: ¡Eh, Tuerto! ¡Ven aquí, hijode...! –Y salió corriendo con la pica en la mano.

Adelina se quedó allí, delante del carro abierto. Las barras de hielo parecían gigantescos ladrillos que formaban un palacio de cristal. Pero no, no era de cristal, era de hielo. Un palacio de hielo... ¿Quién podría vivir allí? Un dragón no, desde luego, porque con el aliento derretiría las paredes. Pero, ¿y si el dragón fuera de hielo también ? Por la nariz echaría un viento helado, y por la boca, nieve. ¡Qué hermoso sería!

Adelina lo vio entonces, echado bajo el techo de témpanos de su brillante salón, con sus ojos de agua cuajada y sus escamas transparentes sobre su cuerpo de luna. El dragón era tranquilo, y no molestaba a nadie, pero muchos caballeros codiciosos llegaban hasta su blanco reino, ansiosos por matarlo, porque en sus entrañas latía un corazón de diamante puro, y deseaban arrancárselo. Durante largos años el dragón había ido acabando con todos, pero ahora era viejo y estaba cansado, y temía una próxima batalla. Adelina deseó que lo dejaran en paz, pero en esto sintió el murmullo de gente que se acercaba. Los vio, eran cientos, miles, y, aunque el dragón se revolvió y luchó con todas sus fuerzas, lograron llegar hasta él y le clavaron cientos, miles de picas. A través de las lágrimas, Adelina asistió a la agonía del Dragón de Hielo. Quiso ayudarlo, cerrar sus heridas por donde su sangre transparente se escapaba, pero no pudo. Las manos fuertes y queridas de su padre la agarraron por los hombros y la separaron del palacio de cristal helado.

El agua chorreaba carro abajo y formaba charcos en el suelo; y, más allá, Adelina vio sangre, sangre de verdad, sangre roja, en un reguero que se perdía entre la gente que se agolpaba gritando:

—¡El Vizcaíno y el Tuerto se han peleao!

—¡El Vizca, que le ha clavao la pica al Tuerto en tó el hígado!

—¡Se la tenía guardá!

—Que si el Vizca…

—Que si el Tuerto…

Aquel día el gazpacho no estaba fresquito. Pero no fue por eso por lo que Adelina no lo probó. En realidad no almorzó nada, no tenía hambre. Lo que tenía era frío, mucho frío.

V

DE NOCHE

M UCHOS niños cultivan terrores nocturnos, pero lo de Elisita ya era puro virtuosismo. Atesoraba una colección de miedos a fantasmas, vampiros, ladrones y otros miedos clásicos de los que echar mano cada noche, pero si alguna vez no le convencía ninguno del género, pues inventaba otro más original. Como la noche aquella que estaban arreglando los adoquines en la calle y ella al oír los ruidos se moría pensando que estaban levantando un muro como ese que le decían de la vergüenza y ya no podría ver a su familia nunca más.

La primera vez que Elisita durmió en casa de Adelina no se esforzó demasiado y recurrió al viejo tópico del cocodrilo debajo de la cama. El del cocodrilo es un miedo bastante manejable, ya que con tener cuidado de que ninguna mano ni pie te cuelgue fuera de la cama estás salvada, porque, aunque los cocodrilos no pueden escalar, sí saben pegar unos saltos espectaculares. Las noches que tocaba cocodrilo Elisita dormía pegada a la pared a la que estaba arrimada su cama y ya está. Lo malo es que la cama de Adelina, donde se acostaron las dos aquella noche, estaba en medio de la habitación, y lo único que podía hacer Elisita era pegarse cada vez más a Adelina. Como esta protestó porque la estaba casi echando de la cama, ella le contó su miedo. Adelina le dijo que no fuera tonta, que aquí no había cocodrilos, y que, aunque se diera el caso de que alguno de un circo se hubiera escapado, era totalmente imposible que hubiera podido llegar a un tercer piso, ya que no habría podido subir por la escalera, y mucho menos por el ascensor si lo hubiera habido, que no lo había. A lo que contestó Elisita que muy bien podía haber llegado un huevo de cocodrilo por la tubería del agua, haber caído por el grifo al cubo de limpiar y haber llegado con la algofifa debajo de la cama. Allí habría salido el cocodrilito y poco a poco ir creciendo sin que nadie se hubiese dado cuenta.

Adelina le contestó que más que tonta era retonta por pensar esas tonterías imposibles, pero para tranquilizar a su amiga se puso bocabajo y sacó la cabeza para mirar debajo de la cama.

—¿Lo ves? Aquí no hay nada –dijo con voz segura mientras contemplaba aquellos ojos que relucían amarillos detrás de una monstruosa fila de dientes disparejos–, duérmete tranquila.

Y apartó rápidamente la cabeza.

En cuanto Elisita se durmió, Adelina le quitó la funda a la almohada y sacó un calcetín fuera de la cama. Cuando el cocodrilo saltó para coger el cebo, Adelina se las ingenió para hacerlo pasar por dentro de la funda, después amarró los dos extremos, y cargando con el bulto se fue al cuarto de baño y lo echó por el váter, tirando luego de la cadena. Luego se fue a la cama pensando:

—¡Menos mal que Elisita se ha dado cuenta antes de que el cocodrilo se hiciera grande!

VI

OTRA NOCHE

Se despertó Adelina con el timbre de una bicicleta que pasaba por la calle. Por las contraventanas del balcón se filtraba la luz naranja de la farola de enfrente.

Adelina sintió que algo tiraba de ella suavemente hacia arriba. Qué curioso: se fue despegando de la cama y elevándose en el aire hasta quedar flotando muy cerca del techo. Sin perplejidad se miró a ella misma allí abajo, durmiendo en la cama, y se dijo a otra ella misma muy bajito:

—Esto va a ser un viaje astral. Esto me va a encantar.

En esto sonó el ruido de la cadena de la bicicleta allí fuera, y la Adelina del techo sin pensarlo salió por el balcón cerrado y se encontró volando en la calle por encima de las farolas. Abajo pedaleaba el ciclista y ella fue bajando para verlo; pero, cosa rara, cuanto más se acercaba a él, él más pequeño se hacía. Y se fue reduciendo, reduciendo hasta llegar al tamaño del hombrecito de verdad que todas las niñas han deseado poseer para jugar con él como si fuera un muñeco, con su bicicletita a escala y todo. Entonces llegaron a la plaza y el hombrecito se metió en un arriate, se bajó de la bicicleta y la apoyó contra una palmera. Después, mirando a izquierda y derecha como para asegurarse de que nadie lo veía, sacó algo del bolsillo, con lo que abrió una puertecita en el tronco de la palmera, y se metió por ella. Adelina quiso saber lo que pasaba allí dentro, y aplicó un ojo a un agujerito del tronco. Vio al hombrecito entrar por la puerta al tronco vacío de la palmera, que era como una torre, con una escalera que caracoleaba pegada a su pared interna. En la planta baja solo había una gran mesa, y en la pared circular colgaban espejos extraños que devolvían las imágenes alteradas.

El hombrecito empezó a subir por la escalera con mucho sigilo y se paró en un rellano ante una puerta, donde pegó el oído. Muy silenciosamente puso la mano en el pomo y empezó a girar. Adelina lo observaba con curiosidad, muerta de ganas de saber lo que ocurriría.

E inmediatamente cambió su punto de vista y empezó a ver lo que el hombrecito veía, lo que le encantó, porque así sabría el misterio que se encerraba tras la puerta. Pero el hombrecito lo que miró fue el ojo de Adelina que miraba por el agujero, de manera que ella a través del hombrecito también vio su propio ojo. En ese momento se hizo ya un lío, y se preguntó si era posible que ella a la vez fuera la ella que dormía en la cama, la ella que le escuchaba cuando le hablaba, la ella del ojo que le miraba y la hombrecito-ella.

Y de pronto se encontró ella-ella en su cama, sudando, con un dolor en todos los huesos y todas las sábanas revueltas.

A la mañana siguiente vino el médico, la auscultó, le tomó la temperatura, y cuando ella le contó que el día antes había estado al anochecer sin rebeca en el Parque del Príncipe, le dijo él que lo que había pillado era un enfriamiento principesco. Tuvo que estar varios días en cama, tomando aspirina, y ya no viajó más. Y ella, con pena, pensaba que era por haberse preguntado si era posible lo que no era, y que si no se hubiera preguntado habría logrado entrar con el hombrecito por la puerta del descansillo, y habría visto lo que había allí. Que ella pensaba que sería algo importante y maravilloso.

VII

OTRO COLE. LAS BUENAS COMPAÑERAS

Casi lo mejor de este colegio eran los Ejercicios Espirituales. Porque se quedaban a comer todas en el cole, para no contaminar con atractivos mundanos, en los trayectos de ida y vuelta a casa, el estado de gracia que se supone que debían de disfrutar. Las monjas de este colegio eran buenas, no pegaban ni ponían en ridículo a las alumnas delante de todas las demás. Pero cuando llegaban los Ejercicios se ponían muy severas. No se podía cantar, ni siquiera hablar, y mucho menos reírse, lo que provocaba un estado continuo de hilaridad que solo a duras penas se podía reprimir. Las alumnas no tenían claro si a eso se refería el estado de gracia; la verdad es que gracia les hacía todo, esos días en que no se podían reír.

La tarde que le tocó a Elisa rezar el rosario, en mitad de las letanías se le cayó el catecismo, y con el agobio que le entró no lograba encontrar la página. Adelina, que estaba a su lado en el banco, se sabía las letanías de memoria, y sabía que ahora tocaba Refugio de los Pecadores, pero por ganas de guasa le apuntó: Refugio de los Toreros, una cosa que había escuchado en una sevillana, y así lo largó Elisa. La que se lio. Las monjas las castigaron a las dos a quedarse un rato más en la capilla, rezando para que las perdonara la Virgen. A Elisa le fastidió que la castigaran por algo que la culpa la había tenido Adelina, aunque no la acusó, porque más que buenas compañeras eran hermanas del alma. Además estaba preocupada por si la Virgen se sentía ofendida, pero Adelina, que gozaba de una espléndida conciencia laxa, le dijo que a la Virgen no le importaban esas cosas, que lo que había que hacer es ser buena en el mundo. Y, ante la amenaza de las monjas de que tendrían que quedarse un rato más si no paraban de cuchichear, se pusieron las dos muy formalitas. Nada más salir, en la misma tapia del colegio las estaban esperando sus mejores compañeras, y al recordar el lance se dieron tal lote de reír que Adelina se hizo pipí sin remedio. Se fueron corriendo de allí, no fuera a ser que las monjas las oyeran. Al pasar por la puerta de la capilla de los frailes vieron que dentro había un paso pequeño con un santo encima. Las velas estaban algo consumidas, por lo que supusieron que habría salido en procesión esa mañana. Por lo visto toda la ciudad estaba de Ejercicios Espirituales, como ellas. El paso estaba cubierto de claveles blancos, algo mustios pero todavía de medio buen ver.

—Al santo ya no le hacen falta los claveles, ya ha salido en procesión. ¿Qué te parece si cogemos unos pocos y se los llevamos mañana a la Virgen del colegio, Elisa? Así nos perdonarán las monjas.

Elisa y las demás decían que no, que era pecado robarle a un santo, pero Adelina dijo que al santo no le importaban esas cosas, que lo que había que hacer en el mundo era no hacer daño a nadie; y, sin más, cogió un clavel por el tallo y tiró, creyendo que saldría fácilmente. Pero se quedó de piedra al ver que el tallo estaba amarrado con alambre a un trozo de caña que se clavaba en una especie de tela de saco que cubría el suelo del paso. Aun así, siguió tirando y reunió tantos claveles encañados como para hacer un ramo. Se fueron de allí también corriendo, y en una plaza retirada se puso a desprender los claveles de las cañas. Estaban tan reliados que tuvo que tirar de ellos para desenredarlos, y lo único que consiguió fue un ramo de claveles chuchurríos, deshojados y amarillentos, que terminó tirando a una papelera.

Al día siguiente llegó muy ufana a la puerta del colegio. Allí la estaban esperando sus compañeras con caras alarmadas

—¡Ojú, Adelina! Las madres se han enterado de lo que hiciste ayer en la capilla, los frailes han hablado con la madre comendadora, y ahora cuando entres te estará esperando.

Adelina estuvo a punto de hacerse pipí de nuevo, ahora no de risa, sino de miedo. Esta vez se la iba a cargar: había robado, ¡robado a un santo! Esto debía suponer un castigo grande, a lo peor hasta la expulsaban del colegio.

Estaba segura, la echarían del colegio, y, a estas alturas del curso en ningún otro colegio la admitirían; y, aunque fuera así, su padre no podría costear las mensualidades, precisamente había elegido ese colegio porque, al no estar reconocido, se pagaba muy poco. Perdería el curso, y, con él, la matrícula gratuita que tenía en casi todas la asignaturas, y su padre no tendría para las tasas de exámenes en el instituto. No podría terminar el bachillerato elemental. ¡Quién sabe si podría volver a estudiar! Y estudiar era la única posibilidad de poder tener una vida independiente y próspera.

Inmediatamente Adelina se vio en un negro futuro, cubierta de harapos, pidiendo de puerta en puerta. Tal vez la socorrería alguna de estas compañeras que sí habían seguido estudiando y que gozarían de una buena posición, alguna de estas buenas compañeras, que... Ahora que se fijaba en ellas, parece que aguantaban la risa, ¿de qué se reían? ¿de su desgracia? Y... ¡un momento! Si todavía no habían entrado al colegio, ¿cómo sabían ellas que los frailes habían hablado con las madres, y cómo sabían los frailes que había sido ella, precisamente ella, quien había perpetrado la fechoría? Se volvió de pronto a sus compañeras, y estas ya no pudieron aguantar la risa. Adelina se les enfrentó, enfadadísima. Pero al cabo, empezó a reír con ellas ¡Sólo había sido una broma! ¡Una broma magnífica entre buenas compañeras!

VIII
CORRIENDO

Hubo una larga época, que comprendió toda su niñez y parte de su adolescencia, en que se desplazaban corriendo. Iban Adelina y Elisa a todas partes corriendo. Corrían hasta las tiendas para hacer los mandados de su padre, y corriendo volvían con la compra; echaban carreras hasta el cine de verano, carreras que siempre ganaba Adelina, y eso que Elisa era buena corredora. (La verdad es que a Adelina no la habría alcanzado ni la Atalanta aquella, ya que como nunca se encontró una manzana de oro en su camino, nunca se tuvo que parar a cogerla).

Pues salían del colegio disparadas, maletas al viento, y no paraban hasta llegar a la plaza, a no ser que durante el camino toparan con algo que requiriese su atención, como responder debidamente a los insultos de las niñas del colegio rival (ellas llevaban gorrito y las otras, capita, y al parecer dichas peculiaridades del uniforme llevaban irremediablemente al odio mutuo). En este y otros casos, paraban el tiempo necesario y aún lo tomaban con calma, sin que importara para nada el reloj. Porque correr no era cuestión de prisa, sino de principios. El andar lo dejaban para dentro de las casas. Las calles estaban hechas para correr.

Una vez fueron a una piscina que era sólo para mujeres y que cada vez que iban tenían que oír la invariable advertencia: tened cuidado, que hay muchas tortilleras. A la cual sucedía su invariable respuesta: ¿cuidado de qué? Pues bien, ese día se montaron en el autobús Adelina, Elisa y algunas amigas más; y Adelina, que ya sabemos cómo era, dijo que ella no pagaba el billete, que prefería gastarse el dinero en tomar una coca-cola en la piscina. Las demás pagaron su billete, como probas y timoratas niñas corrientes que eran. A la segunda parada, Adelina, que no quitaba ojo de la puerta de entrada, se puso blanca y dijo gritando: ¡el picapica! Y se abalanzó a la salida y se echó abajo del bus con el tiempo justo de no quedarse atrapada entre las puertas. Todo el autobús, revisor incluido, se echó a reír, y las amigas más todavía, aunque más se rieron todos cuando vieron que al ponerse el autobús en marcha Adelina echó a correr detrás. Así fueron por toda la Ronda, el bus cogía delantera durante los trayectos, pero ella recuperaba en las paradas. Tanto fue así que cuando Elisa y las amigas bajaron en su destino llegaba justamente Adelina, con lo que se ganó el aplauso enorme de ellas, abajo, y de todo el autobús, arriba.

Cuando llegaron a la piscina estaba agotada, pero se recobró enseguida cuando se tomó la coca-cola.

IX

EL ÁFRICA MISTERIOSA

Estaba Adelina junto a Stanley, y justo en el esperado momento en que este tendía la mano al viejo explorador, oyó una voz que decía:

—Niña, ¿tú quieres ser mi madre?

Adelina miró a la pandillita que estaba sentada en un velador de la acera por donde ella pasaba. Los desconocidos, tres chicos y una chica más o menos de su misma edad, la miraban con expectación y cara de cachondeo. Ella se fijó en el que la había interpelado, encontrando que era un chico de aspecto bastante corriente y cara agradable; y, como antes de jovencita novelera había sido niña peliculera, enseguida decidió que le encantaría hacer de Wendy para aquel Peter Pan de dientes definitivos.

—¿Qué tengo que hacer? —preguntó ella, aunque sabía que lo sabía perfectamente.

—Quererme –contestó él, que no sabía que ella lo sabía perfectamente.

Adelina cogió una silla y se sentó a su lado, mientras los dos no dejaban de mirarse a los ojos sonriendo. Ella pasó su brazo sobre los hombros del muchacho y con dulzura le acomodó la cabeza en su hueco supraclavicular, que para eso era ella persona muy redicha. Con el otro brazo lo atrajo hacia sí, y empezó a acunarlo mientras canturreaba:

—Ea, ea...

Todos los chicos se morían de risa, sobre todo el acunado, que sofocaba sus carcajadas contra el regazo adoptivo de Adelina, pero ella siguió meciéndolo y abrazándolo hasta que las risotadas de su vástago de acogida se fueron distanciando; y, sin solución de continuidad, pasaron a convertirse en una serie de estremecimientos primero, y de tímidos gemidos después. Cuando ella le acarició la nuca, el chico balbuceó:

—Yo... yo...

Y ella le contestó:

—Lo sé, lo sé, pero aquello ya pasó...

Y le besaba la cabeza al muchacho, mientras este lloraba, al fin, sollozando sobre su pecho.

Ahora los amigos no se reían, sino que miraban al sagrado grupo escultórico con seriedad y respeto.

Después de un largo rato, cuando el muchacho se hubo calmado, Adelina deshizo el abrazo y se levantó. Le dio un beso en la cara, se despidió de toda la pandilla y siguió andando por la acera.

Entonces escuchó claramente:

—Doctor Livingstone, *I supose.*

X

COCHERO

Salía Adelina con su niña chiquitita en brazos de la casa de unos amigos en el barrio de Santa Cruz y al pasar por el Marco Incomparable se acercó a un coche de caballos y dijo:

—Cochero, ¿cuánto me cobras por llevarme a la Gavidia?

El cochero dijo:

—¿Tú de dónde eres?

—Yo, de Sevilla, pero nunca me he montado en un coche de caballos.

El cochero le contestó:

—Pues ahora te vas a montar. A la Gavidia no puedo porque no está en la ruta, pero te dejo en el Duque.

Y así tan ricamente viajó en carroza Adelina de Windsor hasta la Plaza del Duque, con su niña chiquitita en brazos y charlando con el cochero. Que no le quiso cobrar nada.

XI

PARQUE ACUÁTICO

Los niños se iban con Elisa a pasar el día en el parque acuático. Adelina se asomó al balcón para decirles adiós, recogió los besos que le tiraban y les devolvió el que guardaba en el rinconcillo derecho, y que ella ofrecía con mucha más prodigalidad que Mrs. Darling. Se estaba bien en el balcón, entre el verde de los helechos y el olor de la yerbabuena. Bajo el dosel de hojas estaba el tortuguero con Porthos y Aramis, las tortuguitas que cuidaban su niños. Ya entraba el sol en el balcón, y un rayito que se coló entre las hojas de las plantas vino a dar en la isleta, donde había una palmerita de plástico, para ambientar. El sol doraba su mundo, y donde había plástico transparente y palmerita de juguete Adelina descubrió arena y palmera de verdad.

Se quitó la ropa, se metió en el agua y fue nadando hasta la isleta. Porthos se subió con ella y los dos se pusieron a tomar el sol tan ricamente, mientras Aramis jugaba con unas hojitas que acababan de caer en el agua. Cuando tenía calor, Adelina se bañaba en ese agua azul turquesa, y tan transparente que se veía perfecto el fondo del mar, allí en lo hondo. Dispuestos a vivir las 20.000 leguas de viaje submarino que se les brindaban, Adelina y Aramis se fueron buceando para el fondo. Porthos, como tortuga mayor y más experimentada, no quiso dejarlos solos en el mar insondable, así que se dispuso a acompañarlos. Al principio el fondo marino era sordo y neblinoso para Adelina, pero pronto empezó a distinguir sonidos y a ver con claridad toda la riqueza que el reino animal y el vegetal allí esconden.

Esas hermosas algas de color azul intenso que crecían al abrigo de unas rocas... Adelina sintió deseo de llevarse unas esporas para germinarlas en casa, pero ni siquiera llegó a formular en su interior tal deseo: sabía que ni Porthos ni su propia conciencia le permitirían extrañar a un ser vivo de su habitat, y menos de una especie tan escasa que ni aún Porthos, a pesar de su sapiencia marina, decía haber visto nunca.

¡Y esa extensión de brillantes anémonas, que asemejaban un mar de rojos cabellos! Se deslizaron entre aguas por encima de ellas, con cuidado de no tocar sus urticantes tentáculos. Conforme se iban adentrando sobre el campo de anémonas, el agua se iba enturbiando y volviéndose cada vez más densa, hasta que se puso tan espesa y brumosa, que no pudieron seguir avanzando. Era como si un muro traslúcido se hubiera interpuesto en su camino.

—Debemos irnos de aquí enseguida —dijo Porthos

—¡Espera!, aquí, en esta anémona medio oculta por la bruma, hay una perla. ¡Una perla gigante, del tamaño de una naranja!

Aunque Adelina no hizo intención de cogerla, Porthos le gritó alarmado.

—¡Adelina, no!, ¡no lo toques! ¡Vámonos cuanto antes, esto puede traer muy graves consecuencias!

Pero ya era tarde. Entre la bruma gelatinosa se fue abriendo un hueco de visibilidad, por donde fue asomando la cosa más extraordinaria que Adelina hubiera nunca imaginado.

—¡Un pelagio! —oyó que susurraba tristemente Porthos.

Era una criatura híbrida, de poco más de un metro de longitud, la que le estaba mirando. De cintura para arriba su apariencia era humana, pero su abdomen ahusado, cubierto de escamas irisadas y terminado en un par de aletas parecidas a unos pies palmeados, se asemejaba al de un pez. Su cabeza pequeña, desprovista de cabellos, estaba coronada por un hermoso penacho de filamentos de apariencia algosa, que a la tenue claridad del fondo marino se revelaban coloreados de verde claro y rojo coralino. Sus ojos y su boca eran de apariencia humana, exceptuando los iris amarillos y la extrema delgadez de los labios. En cambio la nariz era apenas una elevación que cubría los orificios oblicuos de las narinas. En su conjunto, ofrecía un aspecto tan tranquilizador y pacífico, que Adelina, en gesto de amistad, le ofreció sus manos con las palmas hacia arriba. El pelagio, que la miraba con mezcla de curiosidad y miedo, le tomó con sus pequeñas y delicadas manos de piel translúcida los extremos de los dedos. Al momento, ella se vio sacudida por una corriente de empatía que se extendía desde las manos a todo su cuerpo. En un instante, merced a la conexión que estableció con el

joven pelagio, llamado Litroh, Adelina supo todo sobre su especie, o más bién lo sintió todo. Conoció la
existencia de Pelágida, la ciudad submarina, donde vivían apaciblemente desde edades remotas, y conoció su
manera de comunicarse, que era a través de una fuerza
mental que ellos llamaban el Hilo. Supo también que
consideraban a los seres humanos peligrosos para su especie, por su codicia desmedida y su inmenso poder
destructivo, y cómo los pelagios utilizaban el Hilo para
crear una especie de cúpula protectora sobre la ciudad
y sus alrededores para que no pudiera ser detectada. A
pesar de su prevención hacia los hombres, a los que habían visto cómo depredaban especies y recursos hasta
su extinción, en multitud de ocasiones habían ayudado
a las víctimas de los naufragios, batiendo el agua desde
abajo para ahuyentar a los tiburones, o mandando a los
delfines, sus grandes aliados, a que los dirigieran hacia tierra. Le transmitió también Litroh a Adelina que
lo que ella había tomado por una perla gigante era un
realidad un huevo, el único huevo que él, Litroh, había
fecundado en la ceremonia de la Gran Puesta, y que,
debido a su inexperiencia tanto como la de la hembra

que lo había desovado, yacía allí, en el límite del espacio protegido, por lo que él había tenido que salir a defenderlo, aun sabiendo las trágicas consecuencias que esto le acarrearía. En este momento, Adelina percibió cómo allí fuera de su conexión, Porthos se veía apesadumbrado, y Aramis se lamentaba en silencio, y entonces intuyó la terrible respuesta a la pregunta que desde el primer momento se formulaba: por qué, siendo más que probable que a lo largo de los siglos se hubiera producido más de un encuentro entre las dos especies, no se había tenido noticia de la existencia de los pelagios. A través del Hilo que la conectaba con Litroh, supo que cuando esto sucedía, el pelagio que había sido descubierto podía usar toda su fuerza mental para hacer que en la memoria del humano no quedara ni rastro de aquel encuentro, pero todo esto requería de un esfuerzo psíquico tan intenso, que el propio pelagio desaparecía para siempre convertido en materia primigenia, pasando así a formar parte de la envoltura protectora de la cúpula.

Adelina sintió un vivo dolor en el corazón. Mentalmente le prometió a Litroh que mantendría en secreto

toda su vida lo que allí se le había revelado, y le roga-
ba que no hiciera uso del Hilo, ya que eso supondría
su propia destrucción. Pero fue en vano: mientras así
le «hablaba», fue notando las manos de Litroh cada vez
más incorpóreas, a la vez que ella sufría un fuerte mareo.

Cuando se despejó se sintió como si volviera de un
sueño. Le parecía haber visto un pez hermoso y extraño
y una perla gigante entre las anémonas, pero al mirar a
su alrededor sólo encontró un tenue rastro de apariencia gelatinosa. Y, en su interior, un leve dolorcillo en su
pecho, algo así como el recuerdo de un dolor profundo.

Adelina volvió a salir al balcón a la hora en que debían regresar sus niños. Cuando llegaron los recibió
con los brazos abiertos, pero ellos se fueron directos al
tortuguero, y, apenados, le preguntaron:

—Mamá, ¿por qué lloran Aramis y Porthos?

XII

FENÓMENOS EXTRAÑOS

A DELINA se puso el abrigo, cogió el bolso y se dirigió a la puerta. Acababa de dejar con fastidio la labor de crochet sobre el silloncito colocado al sol de invierno que sonreía tras el cristal de la terraza. Se le estaba acabando el hilo, y había decidido sobre la marcha ir a comprarlo ya, y así poder disfrutar de la agradable perspectiva de pasar toda la tarde en casa, tejiendo.

Salió del piso, y, como de costumbre, metió la llave en la cerradura y le dio dos vueltas.

En ese momento, oyó un rumor de pasos dentro de la casa, y enseguida una voz cascada de mujer que decía:

—¿Quién es?

Con ojos como platos y el corazón desbocado, Adelina preguntó:

—¿Quién está ahí?

A lo que contestó la voz:

—Váyase inmediatamente o llamo a la policía!

—Pero, ¿qué hace usted en mi casa?, ¿cómo ha entrado ahí? ¡Soy yo la que voy a llamar a la policía!

—¿Su casa? Esta es mi casa, donde yo vivo desde hace más de cuarenta años, y usted quiere ahora entrar, he oído cómo intentaba abrir la puerta con una llave ¡Váyase!

—Pero, señora… esta casa es mía, acabo de salir y de echar la llave. Por favor, esté tranquila. Debe tratarse de un horrible malentendido. Voy a abrir con mi llave y voy a entrar.

Entonces Adelina oyó un rumor de pasos que se alejaban de la puerta. Abrió, entró en su casa. Su labor continuaba sobre el silloncito, el sol seguía sonriendo tras el cristal, y todo permanecía en silencio, tal como ella lo dejó cuando salió. Con mucha aprensión, buscó a la emisora de la voz, que ella imaginó como una ancianita venerable, pero no estaba en el piso.

Allí no había nadie.

ESTOS, FABIO, ¡AY, DOLOR!

BAJARON del coche, cruzaron la carretera y entraron en las ruinas, que estaban todo lo solitarias que pueden estar unas ruinas a las cuatro de la tarde al sol de mayo. Al llegar al anfiteatro buscaron la soledad de los pasillos.

Allí, en el ambulacrum, Ligia se abrazó a Vinicio. Buscó su boca y lo besó con ardor. El legado le correspondió apretándola contra su cuerpo, y seguidamente, con la pasión que desata la certeza de la muerte inminente, fue deslizando la mano por su cintura abajo y empezó a remangarle la túnica. Ya su stola iba por medio muslo cuando los sacó de su arrobo el rugido de los leones que iban a devorarlos.

Adelina se bajó apresuradamente la falda, que ya iba llegando a las ingles, y sonrió circunstancialmente al empleado que se acercaba tosiendo para avisarles de su llegada y no pillarlos *in fraganti*. Los había calado al venderles las entradas. Tan patentes eran las estrellas en sus ojos y la pasión que emanaba de su amor clandestino.

XIV
GIRÓSFOBO VANO

SI ella hubiera podido esta vez traspasar la puerta...
Sin dudar habría utilizado el Girósfobo, la tuneladora que ella misma había inventado allí, en el taller oculto al que sólo se podía entrar por esa puerta escondida del jardín secreto. Habría abierto camino por el subsuelo de la ciudad, luchado contra el agua subterránea que amenazaba con ahogarla, respirado a duras penas entre el polvo y la tierra que ella misma levantaba, esquivando cimientos y evitando derrumbes, y al fin habría llegado al castillo donde aquel malvado tenía secuestrado a su padre. Y, aunque no hubiera sido posible rescatarlo de su fatal destino, habría podido, al menos, sostener su mano entre las suyas y estar con él hasta su último aliento.

Pero no, aquí no habrían valido artimañas ilusorias, aquella fortaleza era realmente inexpugnable, y aquel villano coronado había atenazado a su padre hasta asfixiarlo. Y él se había ido solo, como tantos otros, sin una mano amiga para confortarlo.

Sentada a la puerta del hospital, Adelina lloraba su pena. Las lágrimas le empapaban la mascarilla.

XV
AVENTURAS SUBTERRÁNEAS
DE ADELINA

A DELINA era más mariposa que topo: le gustaba revolotear de flor en flor, y nunca descendía a las raíces, porque allí abajo estaba oscuro y hacía frío. Pero en ese momento no podía volar, mayormente porque en esta parte del planeta aún no habían nacido las flores; y, además, aunque las hubiera habido, ella soportaba un peso tan grande en su corazón, que de ninguna manera hubiera podido levantar el vuelo. Ya le habían dicho varias veces que para liberarse de una vez de ese peso tendría que ir a la raíz del problema. Así que, aquel día, voluntariosamente se fue al huerto, que era el sitio donde, sin duda, encontraría más raíces. Se tendió en la tierra del arriate, al lado de las todavía infecundas plantas de anémonas, junto a un agujerito que seguramente habría hecho un pájaro, y esperó media hora a ver si aparecía un conejo blanco con reloj que la condujera tierra adentro. Mientras venía y no venía (que no vino) empezó metiendo el dedo en el agujero, y fue agrandándolo hasta que pudo meter la mano, y después de un rato escarbando, cuando ya tenía dentro hasta el codo, notó como una especie de cordón carnoso y flexible. ¡La raíz del problema!, pensó Adelina, y enseguida se lo dijo a una cochinilla, antes de que esta se enrollara y no pudiera oírla, y se puso a seguir tierra abajo ese hilo que se perdía entre las plantas de su huerto, seguía en el del vecino, y atravesaba varias parcelas hasta llegar a la fuentecilla de piedras. Allí el cordón se hundía un poco más, y Adelina lo siguió hasta que topó con algo parecido a un bulbo grande, blanco de oscuridad, y con la punta de los dedos notó que terminaba en un botón, hinchado como las yemas de las higueras a punto de despedir el invierno. Aunque es claro que en lo oscuro no podía ver que había un letrero que decía *Púlsame*, inmediatamente Adelina apretó el botón, buena era ella para andar con precauciones. Al instante, tanto el cordón que le había llevado hasta allí, como otros que del bulbo salían y se dirigían a todas partes de los huertos, se volvieron hinchados y esponjosos. Adelina pudo ver cómo todas las plantas de los huertos despertaban y sacaban a la luz sus brotes y sus flores más hermosas, entre las que destacaban sus coloridas anémonas.

Adelina, sin pretenderlo, había dado con el interruptor de la Primavera ¡Ahora ya podría revolotear de flor en flor, como las mariposas, como las abejas de Emily!... Pero ¡ay! que no pudo levantar el vuelo porque seguía lastrándole el peso que en su corazón sentía.

Y era que, una vez más, se había dejado llevar por martingalas hermosas y no había escarbado lo suficientemente hondo para llegar a la raíz de su pena.

EL BICHO INVISIBLE

CAMINABA por el parque cuando sintió una especie de ronquido un poco más allá, a su derecha. Ella miró y no vio a nadie, así que siguió como si nada; y cuando oyó de nuevo el ronquido, que ahora tenía toques de gruñido y sonaba más cercano, volvió a mirar hacia su derecha. Otra vez no vio nada ni a nadie. Entonces pensó ¡ya estamos! y siguió tan campante. La siguiente vez que lo oyó, sonaba tan fuerte y tan próximo que Adelina se extrañó de que no la hubiera alcanzado ya. Era un sonido gutural, un rugido borboteante lleno de maldad, y era evidente que la perseguía a ella. Pero ella no se preocupó, porque pensó que era el bicho de siempre.

Por último, además del gañido espeluznante, nacido presuntamente de un gaznate hirviente, oyó un sonido como de escamas arrastrándose y garras arañando el suelo de grava.

En ese momento fue cuando Adelina, que era experta gladiadora en esto de lidiar con entes invisibles, se dio cuenta de que este no era el bicho de siempre; pero, aun así, en parte debido a su valentía, y, más que nada, porque el aliento ardiente y asqueroso le estaba ya quemando la pierna, se plantó ante él, y, mirándole presuntamente a los ojos, le dijo:

—Yo te conozco. Aquí estoy, no me das miedo.

Y fue entonces cuando la bestia se abalanzó sobre ella y, clavándole sus garras, la hirió de muerte en el corazón.

LA NOCHE NO TERMINA
CUANDO DECIMOS ADIÓS

Dejaba a sus amigos y se dirigía a la parada del bus, pero no lo cogía: le tentaba el camino. No siempre ocurría, no podía propiciarlo, solo podía caminar lentamente, atenta a los indicios: aquel cielo sin fondo, el mismo brillo intermitente, igual cascabeleo... Otra vez el temblor. Y el estruendo.

Cuando ocurría. No estaba segura, pero algo tenía que ver con la luz amarilla de las farolas, con el reflejo dorado en los gastados adoquines. Cuando ocurría, todo en la noche cobraba su sentido. La tapia de la monjas encerraba vidas cargadas de misterio. Rocío, ¡ay, mi Rocío!

Salía extramuros por la Puerta inexistente, y cruzaba la Ronda como si fuera un foso, saltando el paso de cebra de raya en raya para que no le mordieran el pie los cocodrilos, aquellos descendientes del cocodrilito de Elisa, que resultó ser cocodrilita precoz y preñada, y que había dado a la oscuridad de las alcantarillas tal cantidad de hijos y nietos, que habían llegado a constituir un grave problema de seguridad ciudadana; aunque, de esto, aparte de Adelina, nadie parecía haberse dado cuenta.

Al entrar en el túnel de hojas, se le ofrecía un suelo tachonado de alcorques y registros de hierro, y arriba encontraba otro camino, marcado por cuadrados de ventanas abiertas, brillantes unas en la oscuridad de la sombra, negras otras, más negras que la noche misma, de un negro espeso. Más arriba todavía, le hablaba a la luna:

—Agujero de luz, gota de plata en la tinta azulnegra de esta noche…

Y no le importaba que ella no le contestara.

En una ocasión se encontró debajo de un aligustre, una silla Luis Catorce de mentira. A la una de la noche, una sola silla sola para sentarse a hablar con nadie en medio de la avenida.

Y otra noche, un pájaro enteramente blanco sobre el verde de un naranjo, entonaba una melodía que ella no pudo entender, tal vez el pájaro silbaba en extranjero.

Así, entre temblores y hallazgos, entre destellos y sombras, con un fondo de cantos de aves trasnochadas, llegaba a su casa.

Y a través de la puerta, pasaba de una soledad a otra.

XVIII
EL ÚLTIMO AMOR DE NEMO

CUANDO era poco más que una chiquilla le escribió una carta a su adorado Nemo y la echó al correo con un escueto «Nautilus» por toda dirección. En la carta le confiaba su determinación de conocerlo personalmente, y le avisaba de que muy pronto encontraría la manera de reunirse con él en el submarino.

Expresaba con apasionamiento el amor que hacia él sentía, y le adelantaba que, por mucho que tratara de impedirlo, ella acabaría conquistando su maltratado y duro corazón.

También le prometía permanecer siempre a su lado y correr su misma suerte, aunque esto supusiera verse colgada junto a él de la entena de un navío anglosajón.

Después de echar la carta vivió un tiempo esperando la respuesta, hasta que al ir creciendo comprendió que los personajes de ficción no pueden llevar otra existencia que la que está escrita en las páginas donde viven.

Ahora, a pesar de los años, a veces baja a su buzón sabiendo que subirá con las manos vacías y los ojos brillantes. A menudo evoca la ilusión de su niñez, y sonríe al recordar la fantasía que creó en su inocencia.

Pero lo que ella no sabe es que Nemo recibió la carta en su día, y al leerla sintió renacer un sentimiento que creía muerto en su corazón. Le contestó enseguida desde su hermoso salón submarino aceptando su propuesta y dándole las coordenadas del lugar donde habrían de reunirse.

Cuando iba a ordenar que la carta le fuera enviada, entró en erupción el volcán bajo el que se encontraba el Nautilus, y este estalló con su capitán y todo cuanto contenía.

Ni siquiera sabe Adelina que este fue el final de Nemo. Y es que nunca quiso leer La Isla Misteriosa.

XIX
EXTRAÑOS FENÓMENOS

S E le estaba acabando el hilo. Adelina apartó la labor
de crochet y se frotó los doloridos dedos, deforma-
dos por la artrosis. El sol de invierno sonreía tras el
cristal de la terraza, acariciando su piel arrugada; y ella,
de vez en cuando, agradecía la caricia mirando con los
ojos cerrados al cielo.

De pronto, oyó cómo alguien, desde el descansillo de
la escalera, metía la llave en la cerradura de su puerta.

Sonrió.

XX
EPÍLOGO

L E puso el capuchón a la pluma, dando fin a su manuscrito. Lo hojeó despacio de principio a fin, pasando los dedos sobre las líneas escritas, deteniéndose en algunas palabras, casi acariciándolas. Cerró el librillo, cosido y encuadernado por ella misma y contempló las puntaditas de la cubierta bordada por su hermana del alma. Casi todo cuanto su corazón atesoraba quedaba allí, escrito con tinta violeta. Casi todo.

Con cuidado, depositó entre las páginas un mechón de cabello atado con una cinta deslucida por los años. Un mechón rizado, de color caoba con tintes rojizos.

ÍNDICE

*Adelina, a través
de la puerta escondida,*
de ANA LLORCA, se
terminó de imprimir
el 5 de enero de 2026